VENTE DU LUNDI 18 NOVEMBRE 1895

à deux heures

HÔTEL DROUOT, SALLE N° 7

TABLEAUX

modernes

ARRIVANT EN GRANDE PARTIE DE PROVINCE

EXPOSITION PUBLIQUE

Le Dimanche 17 Novembre 1895, de 2 h. à 5 h. 1/2

COMMISSAIRE-PRISEUR	EXPERT
Mᵉ LÉON TUAL	**M. F. GERARD Fils**
56, rue de la Victoire, 56	7 *bis*, rue Laffitte, 7 *bis*

PARIS, 1895

HONOR
AD
NATVRA
IMPRIMERIE DE L'ART

CATALOGUE

DE

TABLEAUX

MODERNES

PAR

**Arus, Beauquesne, Beauverie, Charlet, Defaux
Guillaumin, Guillemet, Jacque (Ch.)
Lépine, Monticelli, Palizzi, Pascal, Perret, Pezant
Rouby, Van Marcke, Ziem, etc.**

DONT LA VENTE AURA LIEU

HOTEL DROUOT, SALLE N° 7

Le Lundi 18 Novembre 1895

à 2 heures

COMMISSAIRE - PRISEUR	EXPERT
Me LÉON TUAL	**M. F. GERARD FILS**
56, rue de la Victoire, 56	7 *bis*, rue Laffitte, 7 *bis*

Chez lesquels se trouve le présent Catalogue

EXPOSITION PUBLIQUE

Le Dimanche 17 Novembre 1895, de 2 heures à 5 heures 1/2

PARIS — 1895

CONDITIONS DE LA VENTE

La vente sera faite au comptant.

Les acquéreurs payeront CINQ POUR CENT en sus des enchères.

L'exposition mettant le public à même de se rendre compte de l'état et de la nature des tableaux, aucune réclamation ne sera admise une fois l'adjudication prononcée.

Paris. — Imprimerie de l'Art, E. MOREAU et Cⁱᵉ
41, rue de la Victoire, 41

DÉSIGNATION

TABLEAUX MODERNES

ARUS

1 — *Scène militaire.*

A. V.

2 — *A l'Abreuvoir.*

BAUDUIN (Jean)

3 — *Dans le Parc.*

BAYLE

4 — *Pêcheuse de crevettes.*

BEAUQUESNE

5 — *Scène militaire.*

BEAUVERIE

6 — *Paysage.*

BELLAR

7 — *La Partie de cartes.*

BOITELET

8 — *Vaches.*

BONNINGTON (Attribué à)

9 — *A Marée basse.*

BOUCHÉ

10 — *La Rentrée des foins.*

11 — *La Rentrée de la moisson.*

12 — *La Mare.*

BOUCHÉ

CARLI

CHAPERON

CHARLET (F.)

COIGNARD (L.)

24 — *Vaches à l'abreuvoir.*

COSSMAN

25 — *Sujet de genre.*

DEFAUX

26 — *Intérieur de bergerie.*

DUMOULIN

27 — *Port de mer en fête.*

ÉCOLE FRANÇAISE

28 — *Petite fille.*

ÉCOLE MODERNE

29 — *Vache à l'abreuvoir.*

30 — *Venise.*

31 — *Paysage.*

ÉCOLE MODERNE

32 — *Femme vue de dos.*

33 — *Femme nue.*

34 — *Paysage; effet du soir.*

35 — *La Ronde.*

FACCIOLI

36 — *Jeune Mauresque.*

FASOLLI

37 — *La Partie de cartes.*

FAVIER

38 — *Le Peintre et le Modèle.*

FONTANA

39 — *Tête de femme.*

FORNIER (Kéty)

40 — *Tête de paysanne.*

GITTARD

41 — *Bords de rivière.*

GUILLAUMIN

42 — *Environ de Paris.*

GUILLEMET

43 — *Paysage avec Chaumière.*

JACQUE (Ch.)

44 — *Effet de brouillard.*

JANTYCK

45 — *Le Retour des courses.*

46 — *Fleurs.*

JAPY

47 — *Troupeau de moutons.*

JNIESTA

48 — *Village italien.*

LÉON

49 — *Fleurs.*

LÉPINE

5o — *Paysage.*

MONTICELLI

5 1 — *Promenade sentimentale.*

5 2 — *La Visite.*

MONTICELLI (Attribué à)

53 — *Scène de genre.*

MOSSA

54 — *Le Moine jardinier.*

MURZIOLI

NITTIS (De)

PALIZZI

PASCAL

PASCAL

PERRET (Aimé)

PETIT (?)

PEZANT

POLACK (F.)

POLACK

73 — *Espagnole.*

74 — *Scène champêtre.*

75 — *Paysage montagneux.*

PRATT

76 — *Tête de femme.*

RAYNAUD

77 — *Retour des champs.*

RIBOT (Germain)

78 — *Nature morte.*

RISSELBERGHE (Van)

79 — *Paysan madrilène.*

ROUBY

80 — *Fleurs et Fruits.*

SAUZAY

81 — *La Passerelle.*

SCHLOBACK

82 — *Marine.*

SWOBODA

83 — *Bord du Nil.*

THOMPSON

84 — *Moutons à l'abreuvoir.*

VAN MARCKE

85 — *Vache au pâturage.*

VANTUIRD (Anton)

86 — *Soleil couchant.*

ZIEM

87 — *Vue de Saint-Georges majeur, à Venise.*

88 — *Vue de Venise.*

89 — *Lisière de forêt.*

90 — Sous ce numéro les tableaux non catalogués.